Para Jack

Primera edición, 2009

Farr, Jonathan
¿Por qué no quieres comer? / Jonathan Farr.
— México : FCE, 2009
[36] p. : ilus. ; 23 × 19 cm — (Los Especiales
de A la Orilla del Viento)
ISBN 978-607-16-0079-0

1. Literatura infantil I. Ser. II. t.

LC PZ7   Dewey 808.068 F533p

Distribución mundial

D. R. © 2009, Fondo de Cultura Económica
Carretera Picacho Ajusco 227, Bosques del Pedregal
C. P. 14738, México, D. F.
www.fondodeculturaeconomica.com
Empresa certificada iso 9001: 2000

Colección dirigida por Miriam Martínez
Editora: Eliana Pasarán
Diseño editorial: León Muñoz Santini

Comentarios y sugerencias:
librosparaninos@fondodeculturaeconomica.com
Tel. (55)5449-1871. Fax (55)5449-1873

ISBN 978-607-16-0079-0

Se terminó de imprimir y encuadernar en junio de 2009
en Impresora y Encuadernadora Progreso, S. A. de C. V. (IEPSA),
calzada San Lorenzo 244, Paraje San Juan,
C. P. 09830, México, D. F.

Impreso en México • *Printed in Mexico*

El tiraje fue de 8 000 ejemplares.

LOS ESPECIALES DE
A la orilla del viento
FONDO DE CULTURA ECONÓMICA
MÉXICO

PLIP & CHARLY

¿POR QUÉ NO QUIERES COMER?

por

JONATHAN FARR

Esta mañana Mónica
no puede preparar el desayuno,
Plip y Charly lo harán.

Parece que Charly
tiene más hambre que Plip.

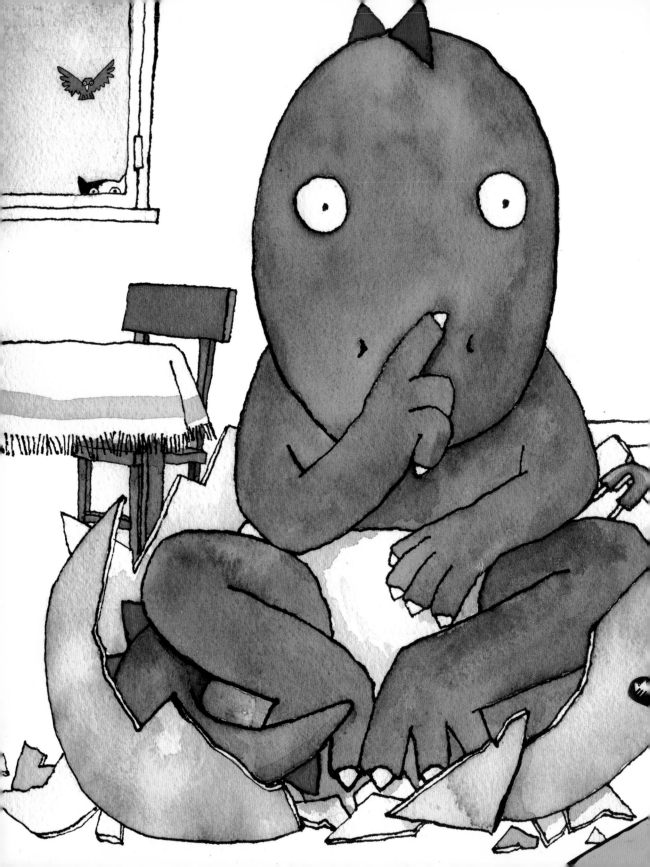

—¡Cállala! —gritó Plip.

—¿Cómo? —preguntó Charly.

—No sé. Tal vez tiene hambre, ¡dale de comer!

—¡Abre la boca! —gritó Charly.

—Parece que no le gustó.
Dale lo que sobró de la pizza
—sugirió Plip.

GRRR

—Tampoco se la comió...
—No te preocupes, Charly,
¡seguro le gustará la receta
secreta de Mónica!

—¡Ni siquiera los probó!

—¿Qué tienes? ¿Por qué no quieres comer?
—le preguntó Charly.
—¡Ya sé! —dijo Plip.

—Chuu-chuu, ¡tu silla te espera!

—Vamos a comer juntos
—le dijo Charly.
—¡Chilaquiles especiales para ti!
—le dijo Plip.

—Chuu-chuu, chuu-chuuu!
¡Aquí viene el tren...!

—¡Se acabó todo!

—Gulp, ¿quién será?
—preguntó Charly.

—¡Su mamá! —dijo Plip—.
¡Las esperamos a cenar!

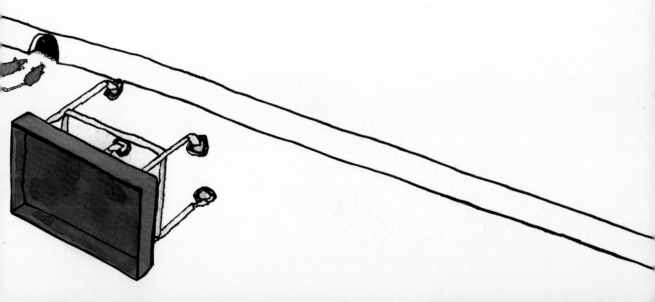